데일리 에피소드

뭣이라?

데일리 에피소드 뭣이라?

발행일   2022년 8월 10일

지은이   김영환
펴낸이   손형국
펴낸곳   (주)북랩
편집인   선일영   편집   정두철, 배진용, 김현아, 박준, 장하영
디자인   이현수, 김민하, 김영주, 안유경   제작   박기성, 황동현, 구성우, 권태련
마케팅   김회란, 박진관
출판등록 2004. 12. 1(제2012-000051호)
주소   서울특별시 금천구 가산디지털 1로 168, 우림라이온스밸리 B동 B113~114호, C동 B101호
홈페이지 www.book.co.kr
전화번호 (02)2026-5777   팩스   (02)2026-5747

ISBN   979-11-6836-444-8 03810 (종이책)   979-11-6836-445-5 05810 (전자책)

(주)북랩 성공출판의 파트너

북랩 홈페이지와 패밀리 사이트에서 다양한 출판 솔루션을 만나 보세요!

홈페이지 book.co.kr   •   **블로그** blog.naver.com/essaybook   •   **출판문의** book@book.co.kr

작가 연락처 문의 ▸ ask.book.co.kr

작가 연락처는 개인정보이므로 북랩에서 알려드릴 수 없습니다.

김영환 시집

데일리 에피소드
뭣이라?

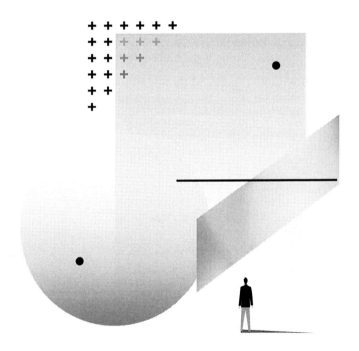

아빠 생일선물 모하지?

 북랩

서문

이게 뭐여?
시도 아니구
딱히 뭐랄 것도 없네

바디캠으로 촬영된 별스러울 거 없는
일상의 영상에 양념된 자막글 정도,
아니면 삶의 허기만으로 문간 보리밥
바구니 내려 열무김치랑 고추장 얹고
참기름 두른 거친 한 끼일 수 있을까?

백열등으로 밝힌 방구석에 뒹굴던 너덜한
선데이 서울이나 놋그릇에 담긴 지 오래인
누룽지와 함께일 수 있다면 실로 다행이겠죠.

푸른 별의 손톱 반달만 한 반도에서
손흥민의 골 소식에 함께 환호하고
아침 확진자 수에 같이 맘을 졸이던
이웃 아재의 펼친 일기장이 개중에
근사치라 하겠네요.

날씨 정보와 오늘의 운세를 공유하고
같은 철도 회사의 개찰기를 통과하는
이웃된 삶으로서 설핏한 공감과 회억의
글이 될 수만 있다면 감사할 따름입니다.

오가며, 오르내리며 눈에 든 순간의 세상
풍경을 손 안의 상시 동반자 폰 메모장에
갈무리해 두었다가 삭혀 내뱉은 시답지
않은 무취의 토사물일 수도 있겠죠.

뭐 그럼,
오비로 후련하게 날려 부렸다고
맹탕 설렁탕 한 그릇 잡솼다고
빈 입맛 다시고 털어 버리셔

그만 일, 숱하게
겪어왔지 않았겠슈

맑고 밝고
속 편한 나날이시길

수리산 발치에서

차 례

손 흔드는 사람

한강으로 내리는 안양천과
경부선 관상동맥을 거느리고
서해안 고속도로가 위로 지나는
석수-독산역 벗꽃 뚝방길

그 위를 지나는
늙은 자전거 한 대가
손을 흔든다 ^^^

대전발 무궁화호 통근열차도
긴 터널로 드리운 벗가지도
청계산 하산한 수님도
구름 없는 빈 하늘도
뭣 모를 새싹들까지
지휘에 맞춰 봄을
합창한다

새

발등 없는 세 갈래로
버겁게 버티고 디딘
가는 두 다리만으로

꼿꼿하게 서고
뒷짐 진 여유로 걷고
사뿐 총총 뛰기까지도

뜬구름 과녁 삼아
쏜 살처럼 솟구쳐
먼 하늘에 박히기도

언제 한번
날아본 적 있더냐

이제 그만
가벼이 여겨라

곤궁하고 궁핍할 때
새 되었다 말하지
말란 말이다

개됐다

오랜만에
두 내외만 계신
고향집을 홀로 들어선다

못 보던 흰털 보송한
강아지 두 마리가 고개를
갸웃하며 경계의 극성이다

무표정한 아버지가
혜미야 세준아 이리 온 하니
낼름 다가가 품에 쏘옥 안긴다

혜미와 세준이라니
그려 난 개여

로또

금요일 퇴근길 편의점엔
주말 시험 OMR 답안지
작성에 열심이다.

오픈북 시험인지
폰 화면을 받아 옮긴다.

저나 나나 어려운 이들이
십시일반하여 한 이에게
몰빵으로 몰아주려

노안

눈이 침침해지니
사람이 사랑으로
사랑이 사람으로
읽힌다

두 노인

머문 듯 더디게 흐르는
금천교 아래를 지나며
보아오던 일상의
두 노인

운동하는 노인과
옆의 장의자에 앉아
그이를 바라보는 노인

어느 날부터인가
바라보던 노인만
홀로 앉아 보이는 듯
바라보고 있다

짐 & 힘

칠십 대의 육십 대 할아버지가
육십 대의 오십 대 할머니를
생활 자전거로 개명한
짐 자전거에 앉히고
보행하듯 주행 중이다

앞바퀴의 갈지자를 배신한
뒷바퀴의 일자 주행이
대견하기만 하다

자 폭 좁다란 편도선을
젊은 애들의 싸이클은
잘도 비켜 지난다

여태껏 짐이었던 할아버지가
더는 힘이 부치는 할머니를
앉혀 업고 온 힘을 다해
젓고 또 저어 안양천을
거슬러 오르고 있다

총균쇠

삐져나온 두 쪽 종자샘 물이
계곡의 숲을 헤치고 구중궁궐로
흘러들어야 비로소 귀한 태생이듯

돈이 돌아야 살림이 일고
몸물인 피가 돌아야 살고
물이 흘러야 바다로 나아가고
바람 불어야 깃발이 펄럭이지

총균쇠라더니
뵈지도 않은 균이여
가는 듯 되돌아와서
다시금 죄다 막으려니
쇠락의 길목에서 우두커니
오직 한 가지만 잘도 도는구려

돌다가 돌다가

총 맞은 것처럼

돌아가시겠네

문득

어릴 적 함께였던 해진 옷
기운 옷 때 묻은 옷일랑은
눈여겨 봐도 뵈질 않네

맨날 밟던 맨땅이랑
허구한 날 허기짐도
운동장의 멸치 떼도

그 시절 걱정은
먹는 거 입는 게
다였지

물국수가 먹고 싶어
바짝 마른 멸치 배 속의
까만 똥을 발라낸다

머릿속에 잔뜩 엉킨

걱정의 콜타르는

어찌 비워낼까나

B to D

D-6, D-5, D-4, D-3, D-2, D-1
Birth-day

D-6, D-5, D-4, D-3, D-2, D-1
D-day

D-6, D-5, D-4, D-3, D-2, D-1
D-day

D-6, D-5, D-4, D-3, D-2, D-1
D-day

D-6, D-5, D-4, D-3, D-2, D-1
.
.
.
Death-day

원턴

둥글게 돌아서
제자리로 들어선다

디디고 선 중심과
가를 도는 간격에
각 양인 동그라미들

등 붙인 시작이더니
등 붙이고 돌아 든다

울음 울어 기쁨이더니
숨 죽여 울음 울게 하네

한탄강

볕 아래 퍼질러 앉은
마른 덤풀 매질 끝에
주근깨가 쏟아져 내린다

내다 파실 건가요
묻는다

금이 싸서 억울해서
못 팔아 먹겠소
내가 먹지

그럼 돈은 뭐로 만드세요?

내가 뭐 해가지고
돈이 생기길 하겠소만
풍 맞은 남편 대신 강에서
잡는 고기가 돈이 된다우

잡는 재미가 있기두 하구

물놀이 튜브만 한 배로
해거름에 그물을 놓고
이튿날 아침에 걷는다는
한탄강 할아지매 농어민

민물 속 고기들에겐
한숨과 탄식의 강 적이요,
근동 매운탕집 쥔네들에겐
받들어 뫼시는 갑님 누님

원점회귀

신호탄을
쏘아 올린 건
입 속의 혀였다

여정의
피날레는
눈꺼풀이 맡았다

문상객들 빠져나간
자정을 넘긴 빈소엔
사위어 가는 향을 빙 둘러
함께였던 안이비설신의가
희노애락애오욕을 사이 두고
저들의 막잔을 치켜들고 있었다

사랑은 니를 타고

끝을 늘여 되뇌어 보자

일어났니 잘 잤니
왔니 밥은 먹었니 어땠니
잘 도착했니 힘들진 않니
괜찮았니 배 고프니
어디 아프니 맘에 드니
잘 쳤니 견딜 만하니
피곤하니 정신이 드니
다 마쳤니 속상하니
춥진 않니 잘 지내니
다 나았니 맛있니
무섭니 재미있니
자니

유언

동짓달이면 주막 뒷방에서
오소리 잡으며 그림공부하던
동리 동년배 어른들께서 마치
순번을 정해 놓은 듯 한 해에 함께
건너 신불산 묘지공원으로 올랐다

살아남은 한 분이셨거나
마지막 순번의 어르신께서
관 안에 화투 한 모 넣어드려
그짝 동네에서도 심심치 않게
해드리라고 긴히 일러 주셨다

빈손으로 왔다가
빈손으르 가는 게
정해진 이치라지만

마지막으로 부탁하노니
큰애야, 일백 프로 충전해서
내 생전의 핸드펀인 핸드폰을
내 손에 꼬옥 쥐어서 보내다오

맞배지기

우격다짐으로 채워 넣은
연쇄 철가방이 다가와서
게워낼 듯 입을 벌린다

떨궈진 이 하나 없이
밀치고 들어선다

어머머! 아저씨~이
거~어 좀 올라탑시다
어디를 오른다는 거예요
어데 댁의 배 우에 오른다 했는감

가까스로 문이 닫히고
들기름병 주둥이를 타고 넘듯
플랫폼을 뒤로 두고 미끄러진다

그렇네! 여지없는 맞배지기로 다져진
살풍경을 캡처해서 구십도 기울이니
배에 올라탄 거 같기두 하네
어랍쇼, 반대로 기울이니…
댁의 말이 맞구먼

돌절구

어릴 적, 아버지는 동리 어른들과
독만 한 냇가의 호박돌을 날라와서
한 철 정으로 쪼아 돌절구를 이뤘다.

밤 긴 겨울엔 돌연 찹쌀을 쪄서
돌절구에 대충 짓이겨 고물 없는
누드 찰떡으로 밤의 모서리를 지웠다.

때로는 매끈한 유백의 살결에
절구 내벽 곰보 홈에 숨어있던
고춧가루가 열꽃으로 박혀 있었다.

아버지 가신 곳은 알겠는데
돌절구는 어디로 갔을까?

냇가서 끌려와 몸피 깊숙이
패이고도 모자라서 무시로
공이 매질을 당하면서도
무던히도 속 깊던 돌부처

되돌아
물가로 가셨기를

마늘 찧기

작은 화분만 한 플라스틱
절구에다 마늘을 찧는다.

한 주먹을 넣고 짓이겨졌다 싶으면
한 주먹을 더 넣고 찧기를 거듭해서
반투명 생마늘 죽이 반쯤 채워지면
비우고 차수 변경을 한다.

마늘 고놈을 단박에 바수려 공이로
정면 타격하면 성난 마늘은 사방으르
튀어 마누라의 말벼락을 불러들인다.

달래서 빗겨 쳐서 자근자근 뭉개 가야
가득한 한 소쿠리를 은근과 끈기로
해치울 수 있다.

단단한 마늘을 찧는 일은

사람을 대하는 것과 다르지 않아

자분자분 다가가면 제 속을 내어 준다.

유월 들판

말 그대로 흙빛이던
논바닥에 물이 차고
밀식의 모판을 떠난
활착의 들판은
일색의 진초록

눈을 떼기가 두렵다

그랬듯
눈 깜짝할 새
포기 벌고 이삭 패어
또 한 해를 추수할 테지

수채화

맑은 물에 색물감 풀어
눈에 드는 풍경을
옮겨다 놓는다

단호한 인식의 약육강식

가차 없이 사라지고
옅어지고 짙어지고
선뜻 다가선다

손끝으로 명령 되어
붓끝으로 완성된
인식의 출력

급류

디지털 시계를 들여다본다
앞에 놓은 열두 번을 변신하고
뒤는 육십 번을 갈아 입어야만이
가까스로 목숨 지켜 폐기를 면한다

목도장 새기던 이
한 땀 한 땀 수놓던 여인
먹물 펜으로 도면 치던 이
너른 리본에 큰 글씨 써넣던 이
이들 장외 장인은 어디 계실까

어릴 적 아버지 말씀
기억이 생생하건만
전하여 어른 행세할 수
없기도 매한가지

돼지털은 성기어

바닥이 휘언한데

디지털은 디지게

빡빡하고 팍팍하네

일상

다시 회복된 일상

만만한 게 그렇지 않았다
늘상의 마누라와 애들
또 그 얘기의 녀석들
끼니 때마다 오르는
그 나물에 국과 밥

뭔 느낌 없이 별 생각도 없이
이어오던 들숨에 이은 날숨
그 일상이 어긋나는 날
그날로 죽음인 게지

일 중에 으뜸이
일상인 것을 코로나가
일려 주려 들렀나 보다

진면목

들머리에서 능선까지
황톳길을 덮어 죽인 거적에

깔딱고개 바윗길을
반듯하니 용오름하는 데크

차라리 이십이 층 아파트
비상계단을 오르라 하지
사철 눈비와 바람 없고
정갈허니 반듯한

사라진 진면목에
면목 없구 송구헙니다
원저작권자 조물주님요.

시작 노트

스마트폰 바둑판 메뉴의
우하귀엔 메모장이랄까
시작노트 택의 보단 하나

가벼운 터치로 문을 열고
들어서면 우리 엄니 동네
고샅을 대니며 주워 놓은
잡동사니랑 어깨동무할
무정형의 무정란 시어들

개중에 들어설 때마다
눈에 띄는 시작치 못한
'윤슬'과 '쓸털이'라는
아쉬운 낱알 시어 둘

이렇게라도

쌓인 먼지 털고 쓸어서

햇빛 아래 달빛 아래로

내려다 놓으면 비치어

잔물결로 반짝이려나

어린이

"어린이 두 명이요."

버스를 오르며
변성기 직전의 맑고 고운
피아노 건반을 두드린다

녹슨 활자에 갇혀 지내던
'어린이'를 제 입김으로
살려내는구나

친구랑
두 명이라
고운 그 마음도
오래도록 간직하렴

어릴 적 동네에서

어깨동무하던 한

친구가 눈에 밟힌다

동숙의 노래

한때, 한 떼거리
일곱 식구가 이 방에 잤다
언제부터였을까
누구부터였을까
비좁던 집이 넓어져 갔다
아버지는 동리 어른들 따라 산마루에
동기간에는 서로 차로 가닿을 먼 곳에
둥지를 틀고 일가를 이뤄 한잠을 잔다
구십 밑자리를 되뇌이는 어무이만이
홀로 남겨진 세월의 고아가 되어
한때 비좁게 부대끼던 이 집에서
작아진 몸을 동글게 말고는
누워 계신다

불상사

건너 산마루 올라선 햇살이
늦은 아침 예불을 드리려
열린 문짝으로 들어앉은
쪽볕 든 대웅전 바닥엔

마주 앉은 노스님과 동자승이
서로의 빛머리를 매만지며
뒤로 넘어질 듯 웃는다

위에 앉아 실눈으로
내려보시던 부처님께서
앞으로 고꾸라질 뻔한 걸
벽붙이 나한들이 화들짝
손을 뻗는다

다행으로
佛像死는 면했네

사막

사막
사방이 막히지 않은
사막
사방이 막막하다
사막
사면과 평면의 광활
사막
시인이 낙타와 만나는 곳
사막
파도가 친다
사막
별이 내려앉는다
사막
바람이 키운 몸집
사막
무정형의 자유
사막

빌붙지 못할 단절

사막

따라쟁이의 무덤

사막

도로공사 중

선거철 알바

알바천국과 알바몬의
자동완성 답신은 같았다

시간금이 좋고
묻혀갈 수 있는 1, 2번은
진즉에 마감이 되었단다

기호 1번 가나당
기호 2번 다라당
기호 3번 마비당
기호 4번 아사당

심중의 색채는
아니었으나 개중에
학창 시절의 찍기 선호인
3번을 택해 낯선 짝지와
단둘이서 거리로 나선다

구석진 한 편에서 개의

한 종자인 듯한 아무개를

마비되도록 짖고 짖어 댄다

백년밥상

다니러 온
백년손님에게
백년밥상을 차려 낸다

천지사방 바닷물
바닥까지 길어 올려
채반으로 걸러 남은
온갖 것 죄다 오르고

그도 모자랄 조바심에
거뭇한 갯바위에 철썩
달라붙은 등짝 등속도
흰 접시에 올라 붙었다

모두가 지난 일

여수바다 건너

기러기 닮은 안도에서

식당 쥔네가 들려주는

일등 메뉴 백년밥상의

시작이 그랬다는구먼

살아가는 이유

살다 보니
삶은 살아서인지
내게 무자비하고
공평하지 못하더라
다행으로 죽음은
의식이 없어서인지
빈 들판 나락 밑동으로
고르고 공평한 듯하여
저 이와 한 하늘을 이고
살아가고 있지는 않을까

행복 처소

지나온
자욱 위에
머물고 있는

멈춰 돌아보면
어렴풋이 들어오는

마주칠 때
볼 수 있었더라면

되돌아
가닿을 수 없는
머언 그리움

알바 운동원

남자와 여자가
아줌마와 청년이
원색 커플티를 차려입고
인적 드문 모퉁이 길가에서
지나치는 차를 향해서
활짝 편 흰 장갑 양손을
쉼 없이 흔들고 돌려 댄다
빤한 시급에
쳐다보는 이 별로 없는
매캐한 매연 속에서
저리 열심이라니
호°옥°시°
가슴팍에 새겨진
후보자의 처와 자?

나이테

부활의 흔적이고
채곡한 동심원이고
번져 나는 파문이며
들여 새긴 문신이자
나무의 자서전

나의 자서전은
어디에 어떻게
쓰여지고 있나

순방향

더듬어 찾아 앉으니
창밖이 뒷걸음질이다
역방향 좌석이었구나

터널과 절개 사면을 지나자
펼쳐진 들이 넓고 산이 멀다
함께 갇혀 쫓기던 오감과
혼탁의 감정이 제 위치로
층 분리되어 가라앉는다

앞으로 나아가고
다다라서는 밟고
다시 앞으로 나아가는
고고씽의 한 생이었다

다가온 적 없는
순한 풍경이 선하게
뒤밀려 멀어져가는구나

그때, 간간이
되돌아보았더라면

노화&치매

몸과 생각이 가치관이
딱딱하게 굳어지는 고화
여러 의견 없는 단호한 단일화
골목화장지 스피커의 무한반복
기억의 원근이 뒤바뀌는 전복
기억이 새고 오줌이 새는 간조
유아 영아기로 원점회귀 삶행
함께했던 몸과 맘의 술래잡기
노화는 필수, 치매는 불가항력
곧 타고 오를 원웨이 티켓

아카시아

계절의 여왕인 오월

오월의 꽃 아카시아

무논 물거울에 비치는

그윽한 향기의 아카시아

어찌 그리 예쁜가요 김도향

여성만을 위한 껌 정윤희라서

오히려 암내 맡은 숫말처럼

킁킁대며 잘근잘근 씹어대던

정윤희도 해태타이거스도

아련하니 아득하건만

어찌 저리 예쁜가요

올 오월에도

습풍산부인과

뭔 시골 장도 아니고
오일장도 흥감타 하니
이도 코로나 한 철일 테지

딱히 그렇지만은 아닐껴
주간보호센터니 요양원이니
요양병원 간판 두른 장례식장
대합실 대기 손님이 얼마인디

둘도 모리는 소리 말게
팔도유람 댕기왔다는 자네
나댕기며 산부인과나 조산원
간판은 얼매나 자주 뵈든가
뵈기는 하던가 말야

생기나야 죽기라도하지

늙고 병드는 건 상관없고

슴풍슴풍 빠져 나와야지

장례식장연합회 회원들

미래도 있는 거 아닌 게벼

해풍

구룡포 바닷가엔
파도에 실려 오는
바람 바램 뿐

푸른 오일로 단장한 청어랑
곱게 빗긴 삼단 국숫발이랑
아에 드러누운 미역일랑은
하나 된 바램은 바람이다

스치는 순간일지라도
그대에게 바치오리다
간직된 속속들이 체액을

그대 떠난 뒤
맛난 잔해로
남으리니

정년퇴직

젊은 한때 본의 아니게
숙식 제공 무급으로 야간에
철책 경계근무 알바를 했었다.

알량한 유급의 고삐에
딸린 처자식의 처지에
악물고 견디고 버티며
주간 경제 근무 중이다.

근무 교대자가
올라오고 있다.

음메 소 죽네

맞아가며 사래 긴
비탈 돌밭을 쟁기 끌 땐
차라리 죽여줍사 하늘 향해
세상 슬픈 표정으로 긴하게
간하고 청하였소

하늘 길이 솔찬히 멀긴 멀었는지
한참 지나 민원이 접수되었는지
게다가 운명 운이 좋았는지
천하의 포정 칼끝에서
산뜻하니 산 듯 갔다오

도살은 당장
희극이었지라

소복하니 보드랍던 털
낱낱이 제모된 민둥 가죽도

모자랐는지 된 고문의 무두질 끝에
걷어 낸 헌 장판 신세가 되었소

그도 또 다른 시작이어서
갖바치 손끝에서 마름질과
망치질 끝에 살아 내 뱃대기
채찍질하던 박 영감 발싸개
신세가 되었쓰라우

설워할 것만은 아니지라
이칠일 언양 장날 때마다
반짝 물광으로 단장하구
소전을 지나 장미다방에
들어서기두 한다우

부의

한 하늘 아래서
같은 땅을 밟던, 지금은
무음의 사각 액자에 갇힌
고인 또는 유족에게일까

서점에서 책을 사고
헬쓰 센타에 등록을 하고
식당에 들러 허기를 채우고
택시를 내리며 카드를 내는 거랑

흰 봉투에 인물화 그려진
한 잎 또는 두 잎을 넣고
세로 중간선 길게 내린 하얀 면
위에 제 이름 적어 넣는 거랑은

그 하얀 면

발신인란인가

수신인란인가

골골대는 사연

만물박사
네이버가 답하기를
끄트머리 행정 단위의
최다 수는 '사기막골'이고

업소명과 병행하면
'옹기골'이 이에 버금가며
그로 한참이나 간격 진 곳에
'가마골'이 자리하고 있다 하네

자고로 배산임수라
산을 베고 드러누워
발끝에 물이 닿는 골짜기엔
마을이 생기고 당산나무가
아름드리 나이테를 키웠으리

골짜기에 자리한 집 안방의
골짜기 사이서 나서 자라고
그 골 산자락에서 긴 잠 들었지

골짜구니 그 시절이
그리워 골골대는 겐지
나이 들면

장폐색

어머머
저걸 어째
방댕이 밑을 암만
살펴봐도 똥구녁이 안 뵈

함초롬 반질하니
조신하게 다가서는 게
구엽고 귀티가 흐르누만

저런저런
까망 똥구녁 도반
시커먼 배가스를 앳된
면상에 갈기고 내빼누먼

그래두 뭐

속도 배알도 없는 듯

그래서 똥구녁도 없는 듯

군소리 없이 잘두 달린다

브랜뉴 전기버스는

봄의 대화

동 현관을 내려서는데
김씨가 화단 안에 들어
꽃잎을 쓸어 모으고 있다

- 그 새 떨어져 녹이 슬었네요
: 펴서 삼일도 못가드라구유
- 엊그제까지 치올려 봤는데
 땅바닥 비 맞이 신세로구먼
: 난 목련이 좋아유,
한 번만 쓸면 되거든유
- 그려, 청춘이나 목련이나

기차여행

꽃담장 길게 두른
사월의 노천 플랫폼

한참을 기다려
남녘행 열차에 올라
깊숙이 디밀어 눕앉는다

기차 저도 설레는지
두근두근 소리 내며
레일이 이끄는 대로
잘도 달린다

이에 질세라
긴 잠 깬 논밭이
봄단장한 강산과 함께
원팀이 되어 역주행을 한다

새벽 거리

조바심의 건널목에서
신호등의 변절을 바라다
드러누운 사다리를 건너고

정류장 인포 스크린과
길 위로 눈길을 바꿔가며
님 기다리듯 목을 빼네요

이른 아침 어디로들 가시나
매무새와 머리칼은 정갈헌디
뱃속일랑 채우고 나섰을까

잡으려 뒤쫓는 이 없어도
서두르는 차와 행인들

자서히 들여다보니
어렴풋이 눈에 든다
시절이다

이 영감 땡잡았네

생떼 같던 할멈 죽고
시골 홀애비 삼년 차에
큰딸 성화에 못이기는 척
올라온 곳이 꼴에 제격인
금천구 시흥동 박미고개라나

우째 살꼬 했는디
이건 흔헌 귀농도 귀촌도
뺨싸다구 때릴 귀천이지라

천국이 따로 없는거
스님 같이 일어나서 등골 휘도록
여름 한 철 열 마지기 논 부처 얻는
일년 소출이 한 달만 일 나가믄
시퍼런 현찰로 꽂히니 말여

근데 그 일이 일 같지도 아녀
아니 내가 평생을 하던 일이여

시골 새참 때 맞차서
금천교 다릿발 아래루 가서는
구청 환경과 주사양반 시키는 대루
풀 한 호큼 비고 서너 삽 뜨면
쌀 두말치 일당을 주니 말일씨

뿐 만인감
복덩이 영감이라구
열 일하는 큰 일꾼이라며
지들은 들러리로 꽁으로
쳐드실라 그러는지 공치사가
여간 아니랑게 고녀 나왔다는
고 여사까지 합세해서는

뭔일로
안양천 물거울에
할멈 얼굴이 어른댄다냐

몇 날

삼백예순 날

춥거나 덥지 않고
눈비 없이 쾌청한 날
몇 날이었던가

걱정 근심 없이
한구석 아픈 데 없이
아무런 생각도 없이
홀가분한 날 몇이었나

허구헌 날
다이어트로 홀쭉한
서넛의 마이너스 통장
수면 위로 고개를 내민
그런 날은 몇 날이었던가

짜드라 아수운 거

원망스러운 거 없이

그득하니 마음 부른

그런 날은 몇 날이었나

여보(게)

그 몇 날이 디디고 선

다져진 발아래를 보시게나

생각 없는 갈대

포크레인에 파헤쳐진
갈대 뿌리가 드러났다
서로 뒤얽힌 실타래였다

베려는 바람엔 시늉일 뿐
실한 밑천을 숨기고 있었네

꽉 채운 다짐에
앞섶은 등짝에 눌리고
맞등 진 이와의 쿠션 교감

이름도 성도 모르는 성별만이
눈에 드는 여즉 감염 무풍지대
백 원짜리 마스크가 만 원어치의
값어치로 칭송받는 이곳

시선과 청각을 화면과 이어폰에

내맡긴 뿌리 없는 갈대 무리

디디고 섰을 뿐이어서

흩어지면 넘어지기에

만 원도 헐한

아침 버스

출근길 노선버스
그 시간에 그 승객들
낯선 이가 문에 다가선다

세탁소 비닐을 막 벗긴
점퍼에 노스페이스 헐거운
백팩을 걸친 노땅페이스가
벨을 누르고 버스를 내린다

어디로 향하는지 내다보자니
어디로 가야 하나 훼훼 둘러볼 뿐
동서남북 휑한 사거리 보도에서
선뜻 발길의 방위를 잡지 못한다

모래톱

너른 구비마다 수북한
모래톱은 산 바위 잘려져
떠내려 온 돌 톱밥이려니

누구의 톱질이라더냐

느릿느릿 수더분해 뵈는 물길을
가르키며 양쪽 방축이 입을 모은다
저들도 숱하게 옆구리 터지는 줄
알았다고 게거품을 게워 낸다

한참을 기다려 잿빛 모래톱
한줌을 건네받았다

신호등 건널목

꼬부라진 지팡이와
꼬부라진 할머니가
맞잡고 건너고 있다

반도 못 건너
시퍼런 눈알을 껌뻑여
서두르라 재촉질이다

더는 참기 힘들었는지
카운트 다운에 들자
더 늦춰진 듯싶다

붉은 눈알을 부라리고
불안한 정적이 흐르고
결승 보도에 올라선다

함께한 시선 속에서

생이 건너가고 있었다

치마 밑을 자르며

여기쯤일까
아니야
내 다리가 어때서

더 올려볼까
아니야
속 보일 거 같아

정적 고심의
마른 마루 위로
천둥번개가 몰아친다

이년아
성한 치마 내비두고
뒤룩한 근수는 어쩔 건데

양반 놀음

말이라 치자
개중에 높은 안장에 앉자
투명벽 안 마부가 채찍을
짓눌러 트인 길을 달린다
주마간판
간판의 숲길을 헤치고

가마라 치자
개중에 솟은 교자에 앉자
쏜 살인 듯 호랑이 등인 듯
혼절지경으로 빨리 달린다
거우 정신 차려 둘러보니
가마꾼은 아닐 테고

여봐라
감히 같이 오른
네 놈들은 누구더냐

진공청소기

퍼질러 널브러진 꼴이라니
길고 긴 모가지가 슬프구나

길가 관제 봉지 한 편에 내팽겨져
저 스스로가 먹잇감 쓰레기로
먹히길 기다리고 있다

먹을 게 지천인 요즘인데
쓰레기를 먹어 치우더니
쓰레기가 제 먹거리라니

커다란 입에 쪼잔하게
바닥에 구석에 숨어든
먼지와 티끌 한 점까지도
소란 떨며 게걸스럽게 넣더니

눈길의 낌새를 알아챘는지
삼키기만 했던 그의 입이
묻는다

네 입은

긍정의 힘

선한 속내를 풀어
민들레 홀씨로 하늘하늘
하늘 높이로 날리우는 거

날리고 내린
여느 여러 곳에서
싹 틔우고 꽃 피워
세상 환하게 밝히는 거

손끝에서 눈길로
마음에서 마음으로
전해지면서 변이되어
스며드는 거

선플로 탁송하면
선물로 배송되는 거

일진

올라타서 둘러보니
선 사람도 빈 자리도
하나 없긴 매한가지

슬그머니 잦아들어
숟가락 얹으렸더니
흥건한 상을 치우네

임시 선별검사소 구곡의
행렬로 콧구녕 후비기까지
끝끝내 내 뒤가 허전하네

퇴근길에 시장에 돌아 들어
식을세라 호떡 품고 뛰듯 걸어
화들짝 문을 여니 캄캄하네
아무도 없네
빈집이네

코로나 비말전파

얼굴의 중심으로
제법한 높이의 콧대
그 구녕에 꽂아 헤집다니

코로나 입으로나
숨쉬기는 매한가지나
코로나라서 코가 고생인감

말없는 비말로
입에서 퍼져 나가기에
천으로 입을 가리라네

가림 없이 비말로
내뱉어진 내 말로
내상 감염된 이도
적지는 않았으리

오미자

옹골진 송이 송이
알알이 선홍빛 루비

머금은 안에서
제 속에 품었던
신산을 토해 낸다

시고 짜고 맵고 쓰다
맵고 쓰고 짜고 시다
짜고 시고 쓰고 맵다

짓눌린 달고나를
혀굴려 찾아본다

봄망울

거울을 전송하며 흔들던
가지 끄트머리에 매달린
겨우 뵈는 뾰족한 저기는

거슬러 타고 오른
대지의 모천이 허공을 내린
하늘의 정기와 만나는 곳

땅 하늘 수태의 끄뜨머리
차올라 자궁벽을 가르고
뭇 시선의 꽃눈을 틔운다

몇 날의 아래를
지나며 올려다보는
눈망울에 곧 터질 듯한
꽃망울의 눈맞춤이라니

자화상

밴드에 올라온 동기의 모습이

아내의 SNS 프로필 사진이

친구 놈 핸드폰 초기화면이

쳐다보는 젊은이 눈길이

지하철 개찰기 통과음이

비켜 지나는 발걸음이

흐릿해지는 시야가

가물한 옛사랑이

익숙해진 지체가

때론 낯선

일생

차려입고 나서서
마을버스를 갈아타고
시내 일터로 든다

오늘도 나서서
마을버스를 갈아타고
시내 일터로 든다

어제와 그리 다를 거 없는
제시간에 반복되는 일상

높다란 양편 뚝방에 갇혀
좁다란 물길로 떠밀려서
지나는 곳 어딘지 모르곤
하늘만 쳐다보며 흘렀지

물길이 더뎌지고 둘레 친
양안이 사라진 하구언

그날이 그날인 줄 알았던
일상이 흘러내려 다다른
가없이 하늘 닿은 바다여
한 생이여

산중 친구

산청 지리산 숨은 골 끝에
상처한 친구 박혀 있다네

등굣길에 함께 샛길로 들었던
대처의 둘이서 남주리 여사와
나주라 여사를 뫼시고 간만에
산길을 오른다네

턱숨으로 들어선 안마당에서
쭈볏한 홀애비를 사이에 두고
서로가 일일 각시를 자청하니
남정네들 벙글한 낯이로고

올려 빼꼼한 빈 하늘 한 편엔
매달려 설 쉰 주렁한 홍시감
어렵사리 별인 양 따 안기니
쭈구렁 주름감을 거울 보듯

바라더니 그도 잠깐일 뿐

부산떨던 마당 닭 두 마리는
완행버스 운전석에 내걸린
기도하는 흰 소녀의 자세로
솥단지 속 한방 전신욕일세

꺾이고 파이고 베이고 떼여져
말리고 삭히고 곱게 마름질된
산중의 초근목피와 실과들이
대처로 시집가는 날이로고

잘 있거라 잘 가라
언제나 또 보려나
볼 수나 있으려나

분리수거

그래
이놈은 여기
요놈은 여기네

근데
이 몸은?

재활용은커녕
한 줌 재로 소각될
내 영혼의 일회용 용기

허용공차

한 치
빈틈 없이
맞물렸었지

닳아 무뎌지고
낡아 헐거워지지

멈춘 듯 살펴 걷고
뜯들어 답을 하지

서로를 옥죄던
살갗과 안감 사이도
품 넓은 헐거움이지

예리함의 마멸이
예지의 벼림이길

식물 또는 동물

서로를 비웃었지

뭘 그리 바삐 나대닌다니
꼼짝없이 서 있는 꼴이라니

여름 한 철 친한 척에
수목장은 뭔 에피소드냐
발밑으로 들 줄 몰랐더냐

산중 노스님
한 철 내내 결가부좌로
찬 바위에 뿌리를 내려
식물인간을 꿈꾸네

나날

다행으로 깨어나
사방을 살핍니다
다른 날입니다
다른 나입니다

잠깐의
깜깜한 지체 끝에
지샌 시신을 일으켜
생기를 불어넣습니다

시간의 어깨에 손을 얹고
타박타박 한 눈금씩
옮겨 디딜 수 밖에

달리 뾰족한 수는 없습니다

독고다이

옆에서 지켜본
그의 올곧은 생애는
어느 한 시도 외톨이였다

부모의 정도
형제간의 우애도
친구들과의 허물 없음도
그에게는 없는 단어였다

우려와 곡절의 학창을 넘어
사회로 밀려났을 때도
다름없었다.

팽겨쳐 진 짚신 하나가 어찌
한 짝을 만나 켤레로 동행하는가
싶더니 그도 짤막한 에피소드였네

성긴 파뿌리 머리에 이고
관짝보단 살짝 여유진 고시원
독방에서 이승의 마감을 하였다

독고다이
고독사 주검으로

교잡

꿀참외 호박고구마
오이고추 캡사이신고추
설탕수박 사카린사과
사과대추 대추토마토
아이노꼬

그냥
오이가 고구마가 고추가
참외가 수박이 사과가
단순 무식한 너가
소금소태 짠지가

치매

어느 효자도
여느 어매도
어찌할 수 없는
마주 보는 망연자실

불길한 예감인지
짚불 사그러들 듯
자는 잠에 가야지 하셨지요

머언 한 기억만이
또렷하게 머무르는
방금 다녀간 막내딸을
왜 안 보이냐며 묻고 또 묻는다

어매는 지금
난생의 모천을 향해
거슬러 오르는 중이리

鳥島魚譜

내려앉은 새 떼만큼
섬들이 가득 박힌 섬섬옥수
조도엔 야마하 선외기의
농어 할배 여즉 배에 오른다네

색실 친 납멸치 자작 바늘에
민장대 한 자루가 고작이네만
난봉꾼 처처 치맛자락 들추듯
섬 치마 물밑을 샅샅이 더듬네

부딪쳐 부서지는 포말 속에서
허비적 대던 빈 도리깨질 끝에
팔뚝 농어를 연신 뽑아내며
한마디 내뱉으시길

　　이거에 미쳐 불면
　　딴 거는 못하제

배대고 들어선 섬집 안방에서
빼곡하게 꼼꼼한 날랜 필치의
육십 년 조행 일지를 펼치는데
꾼은 꾼이요 어부는 어부로세

햇살

태양초 고추장
햇살 담은 간장
햇살 머금은 미소

햅쌀의 원형질
축축눅눅함의 적
피부 노화의 원흉

죄다 벗겨내더니
겹겹이 둘러싸고

그늘로 내쫓다가는
담벼락 아래로 세우는
마누라랑 얼추 한통속의
알다가도 속 모를 몰이꾼

풍화작용

숱한 풍상에
쓴맛이 달다

사탕을 밀쳐낸
피멍 든 멍게의
쌉쌀 짭쪼롬함

고독을 나누는
독한 고량주가,
쓸쓸함을 달래주는
씁쓸한 쐬주가 좋다

쓴 소주로 달랜 상처
혀 굴려 쓸어 본다

없다

공로상

너댓 자 사이 두고
건네보며 앉아 가노라면
눈 둘 곳 없어 난감했었지

그럴 일 없네
시선의 사거리가 줄고
시야도 훨씬 좁아졌거든

함께 올라 침 튀기는
말소란이 거슬렸었지

그럴 일 없네
제 입과 귀를 틀어막고
지줌 손바닥만 뚫어져라
치다보며 빠져드니 말일세

이 모든 게

꼬로나 시절의

스마트하다는 요놈 공이랄까

막걸리

대작의 거리는 어느새
당국의 거리두길 비웃지

서먹으로 앉은 자리
이내 막역이 되어
권커니 작커니

고하를 가리지 않듯
찌그러짐 홀대 않듯
막 없이 걸러 함께 내린
막걸리 맛걸리 맛거리

한 쪼가리 김치로
한 잔이 꿀꺽이고
전 한 장이면 상전

밥이고

참이었고

일꾼의 홍청이기도

초라한 초로

사위가 먹물로 칠갑한
동짓달 다섯 시 십오 분
신창행 전철, 길게 희끔한
알루미늄 좌석은 따끈하다

숨죽인 듯 숨쉬는 듯
한결같은 주행음에 갇힌
객차 안은 정물화 갤러리

무표정한 초로의 초췌
명상하듯 눈을 감고
초점 없는 눈을 뜨고
행색이 일색이요
연배가 한 뱃속

있다면
마냥 곤한 잠결일
식구들 뒤로 하고
지나온 세월의 더께인 양
겹겹이 껴입고 새벽같이
어디들 가시나
긴히 갈 곳을 가시나

내리사랑

한 할아버지
헐거운 열십자로 동여맨
납작박스 한판을 들고 간다

팔을 한참 띄워
벌 받듯 마땅치가 않다

뒤따르자니 생각보다
발걸음이 가벼웁다

이미 도착했나 보다
발걸음은 뒤로 하고

문 앞에 도착해서는
문고리를 틀고 있는 듯
아니 벌써 열어 젖힌 듯

시인 아빠

넘들 퇴근 시간에 맞춰
현관문 열어 젖히고는

얘들아,
오늘 저녁 메뉴는
생선구이와 계란찜
이란다 라며

이면지 접이 봉지를
식탁 위로 툭 던진다

구겨진 봉지 속 따끈한
붕어빵과 계란빵이
떡져 뒤엉킨다

유체역학

유체역학을 수강하면서
물과 공기는 한통속의
흐름임을 배운 걸 잊었다가

파란 바다 위 한참을 달려
포구에 닿은 배를 내려서
파란 하늘을 올려다보다가

매질 특성이 살짝 달라졌을 뿐
여전한 머무름을 문득 깨달았네

지상에 올라선 게 아니라
하늘 바닷속으로 떨어졌음을
바닥을 더듬는 심해어인 것을

흔들리는 저 건 산호 혹은 나무

흔들리게 하는 건 해류 혹은 기류

콧구녕 아래엔 아가미 혹은 아가리

시집살이

도도하게 살고 싶었거든
레지스땅스를 읽어내고
미풍에도 하늘거리며
파아란 하늘 아래의
솔향기를 꿈꾸었지
라알라룰루

시큼한 쉰내만 한가득
도오라 가고픈 불귀

딸년은 뭐가
그리 좋은지

공차

여유요
여지일 테지

톱니바퀴 같다지만
맞물린 톱니 사이에도
헐거운 틈새가 있지
여유로 돌지

짓눌린 사이의
없는 듯한 빈틈으로
윤활유가 배어들지

홀연 노랫가락이

흰 눈 사이로
버스를 타고
달리는 기분
상쾌도 하다

온 천지가 눈 사방인
노선버스 출근길을
창 측 좌석 차지하고
멍하니 내다보자니
말일세

애주가

미련스레 요놈만을
고집했더니
인이 백혀
참 이 술

처음부터 이놈으로
시작했더니 입에 붙어
내나 그거 처음처럼

뭇 치마 속 들춰보듯
브랜뉴 거르지 않고
입술을 부딪쳤건만
조강지첩 장수일세

레일강

높은 내마모성
고경도 고인성
구조용 탄소강

길기로는
시베리아 횡단 레일강이
아마존강보다 한참 길고
지구 둘레의 1/5이라 하네

식민수탈의 강
탈선가출의 강
쾌속질주의 강

나 지금
레일강 위를 떠가네
한 몸으로 공명하는 맥박

되돌아 태아로 들어

빼꼼히 열린 산도 창으로

홀가분한 초겨울을 내다보네

카렌다

설 녹은 푸석질척한 길 위로
돌돌 말린 종이 뭉치 거머쥔
앞선 발걸음이 멀어져 간다

저 모 없는 육모방망이로
얼마나 후두려 패댔는지

어차피 맞아야 될 내년이
반갑잖고 마뜩잖다

터 잡은 코비드 일구 놈에게
일격에 이은 연타로 시퍼래진
피격의 흔적 또렷한데

때린 그 자리 또 때리려
빳빳하게 들려 있니껴?

거리 좁히기

멀리 뵈는 저곳
좀 더 다가가서 보면
저도 그만큼 다가와 있다

등지고 멀어진 이
나 먼저 다가서면
긴한 인기척에 돌아선다

아들놈 또래들을
엿듣다가 그랬구나
별거 아니었네

단단한 놈

매일매일
수염 깎기

매 주일
손발톱 깎기

첫 공일
머리 깎기

어느 날 어쩌다
굳은살 도려내기

여린 살갗 바깥으로
밀려나는 단단한 놈들

무엇을 증거하려

깎이고 깎인 자리

또 솟아오르는지

수명 연장법

날 선 한마디에
되튕기지 않으련다

건네진 숫돌로
버려졌을지도

눈 흘기지 않으련다
같이 흉해질 테니까

숨이 넘어갈 듯
당장 판이 결단날 듯
왈왈대는 창들을 닫으련다

사람과 사람 사이
역병 때문만은 아니라도
여유의, 여지의 사이 둠이
그리 야박한 건 아닐 수도

이명

가는귀는 가서
안식구는 불평인데

오는 귀는 밝아져
돌 소리 쇠 소리 풀 소리
텅 빈 하늘 소리 살풋 들리는 듯

건너
눈 오는 소리

겨울에

밤 긴 건
훤한 낮이
짧기 때문이다

한기의 노동을 덜어내고
온기의 구들장 맞대고서
숨 쉬는 송장이 되라 한다

한 철 땀으로 적셨던
전답도 텅 빈 휴식이듯
빙 둘러 발바닥 맞대고
한 이불 속으로 들라 한다

하루 두 끼도 흥감하니
배 꺼질라 나서지 말고
방 식을라 문 열지 말고
틀어박혀 있으란다

그랬었는데

꽃보다 아름다워

가을은
꽃보다 아름다워

잎새도 무거웠나
맨몸에 치렁치렁
주렴인 듯 붉은 사과밭

시장통 길막이 수레
스티로폼 백 접시 위로
단을 이뤄 피어오른
아가 엉치 홍시화

간밤 털썩 뛰어내려
겉달리 반질매끈한
진고동 밤톨 삼남매

벼꽃을 보셨던가요
꽃으론 민망이죠 근데
넘실대는 황금 물결과
소복한 흰 쌀밥 드셨죠

가을은 예쁘고 배부른
배불러서 예쁜 환금성

신세계 빌라

아파트 단지 뒤켠
다세대 주택 자리에
빌라 몇 채가 올랐다

접경지 길 위에서
신축 신세계 빌라
입주민에게 물었다

그간의 세상살이
어땠었냐고

새 세상의
희망을 품고
이곳으로 왔느냐구

대뜸 손짓 섞인
반작용이 배달됐다

시앙노무시키

누굴 놀리냐며

철썩한다

SNS

생각의 발끝에 채이는
돌을 주워 내던진다

돌의 비행각에 따라
돌의 생김새에 따라
던져진 속도에 따라

잔잔한 수면의 흔들림은

수면과의 접촉 시간이나
튀오르는 물파편 수량이나
번져 나는 파문의 크기로

언뜻 차이를 보일지언정
깜짝할 새 매한가지

가라앉은 돌들은

바닥을 가라앉혀

검은 속내로 사라진다

노년 건강법

송해와
최불암

전국노래자랑
한국인의 밥상

이들 둘이 조선팔도
방방곡곡 나대니며
만나는 이들 중에서
나 더 드신 이 몇이던가

최불암이 뒤돌아
동네 골목을 훑고 있는
영철일 보고는 한마디 하신다

쟤도 일찍 죽긴 글렀구먼

추일산경

숨소리 옅어지며
아래로 달아오르더니
피식 고개를 젖히고는
일순 모든 게 멈추었다

얼마지 않아
바라보던 이들을 물리고
낯선 여행의 길잡이들이
표정 없이 행장을 꾸렸다

건너 멀리서
어렴풋이 들려온다
둘러보니 붉게 달아올랐네
저이도 이제 곧 그만이구나

벗어 내린 적요의
무심행 행장을 꾸리려네

중앙도서관

이게 다 뭐람

하오 아홉 시에 들른
중앙도서관 열람실엔
드문한 또래의 열공족

아닌 척 지나치며
뭔 책인가 엿보니
사설 자격증 교재

시골 어릴 적
지금의 내 나이는
일손 놓은 지 오래인
동리의 웃 서열 노인으로

길 위에서

지나치는 이들의

배꼽인사를 당연지사로

받아 챙겼다

오토바이 신 교수

선유도 어무이
이거 우럭 좀 잡솨봐요
: 일 나가야 하는디
일 일 그만 허시고 잡숫고 가소

바닷가 평상에 돌라 앉은
주름 층층 굴 껍데기 할매 서이
뭔 일이래 못 미더운 눈초리

국물만 마시지 말고 자아
가시 바른 우럭 살점도
: 워따메 참말로 맛나네
 남의 손 빌려 내 집에서
음식 대접 받긴 처음이라우

둘씩 합이 여섯에

둘 더 보태 보태노니

오늘 저 바다 더 짜지고

오름 수위 한참 더는 높아지겠네

노선 버스

죄명이 뭘까

푸른 수의에
숫자로만 호명되고
겨우 지날 전용노선에 갇혀
탈선은 탈주와 이종사촌이라지

물기 없는 색색깔
네눈박이 감시의 눈알들
부동의 눈빛만으로 지시하네

차오르는,
그러나
억누른 순종

순명의 노선도에
빼곡히 박힌 징검돌들

타박타박 짚어 지난다네

종점발 역순의 징검돌들,

●장례식장

●중환자실

●요양병원

●요양원

●주간보호센터

●홀로노인

●

●

차창 밖 가을

송이와 잎을 죄다 벗은
구불텅 홀가분한 포도나무가

휘어져 부러질 듯 여즉
붉게 매단 사과나무가

죄인의 두건을 덮어 쓴
흰칠한 수숫대가

양생의 질편했던 바닥
드러낸 논자락이

차창에 기대인 객에게
올 한 해도 잘 버텨냈다고
더는 일 없이 쉴란다고

만국기

어깨동무 긴 줄로
휘날리는 만국기

드높은 가을 하늘 아래
고운 결 마사토 운동장 위를
뛰다 못해 펄펄 날고 있다

어느 대륙에서 왔는지
얼마나 큰 나라인지
어떤 신을 신는지
지디피 살 색깔 상관없이

네모난 같은 크기로
바람 맞이에 신났다
다들

나의 몸값

겨우 올라 밀치고 들어
없는 틈새에 발을 디뎠다
만원 버스가 비워지기까지
하차 태그음을 카운트했다
나를 포함해서 일백 명
일백에 만 원이면 백 원

23101782
청춘의 카키색 제복 시절
은목걸이에 패인 이름
보다도 중했던 아라비아 숫자
일병 말엽 무렵 사고뭉치 신병이
고된 기합 끝에 살의의 눈빛으로
기껏 백 원어치의 잘못에 너무하다고
소리치며 길길이 날뛰었다
그 시절 사병 월급은 삼천 원
일당백의 대한국군

사십 년 전이나

지금이나 내 몸값은

어김없는 백 원

밥상이 전하는 말

칠첩이니 구첩 반상이었지
개중 반틈 넘어 사라지더니
왼가슴 아래 국이 뒤따르고
어언 밥마저 떠나간 자리엔
달랑 흐물한 죽이다

죽이 오르니
죽으라는 게지